Elias und Finn

Diebstahl meines Herzens

Alisa Kevano

© 2024
likeletters Verlag
Inh. Martina Meister
Legesweg 10
63762 Großostheim
www.likeletters.de
info@likeletters.de

Autorin: Alisa Kevano
Bildquelle: Midjourney

ISBN: 9783946585657

Teilweise kam für dieses Buch künstliche Intelligenz zum Einsatz.

Inhaltsverzeichnis

Kapitel 1

In der glitzernden Welt der High Society, umgeben von den lebhaften Farben kostbarer Kunstwerke und dem leisen Klang von Champagnergläsern, bewegte sich Finn Hartmann mit einer Mischung aus Vertrautheit und versteckter Absicht. Die opulente Galerie, beleuchtet von sanftem Licht, das die komplexen Muster der Gemälde hervorhob, fühlte sich an wie ein ruhiger Ozean am Vorabend eines Sturms. Doch hinter seiner eleganten Fassade, versteckt unter dem fein geschnittenen Anzug, schlug das Herz eines Detektivs, der auf der Jagd nach einem berüchtigten Kunstdieb war.

Für einen Moment ließ sich Finn in die Vergangenheit zurückversetzen, in eine Zeit, als er seine Karriere als Detektiv begann. Sein erster großer Fall, die Aufklärung eines raffinierten Juwelendiebstahls, hatte ihn in diese Welt der Reichen und Mächtigen geführt. Es war dieser Fall, der seine Leidenschaft für die Aufklärung von Kunstdiebstählen entfachte, eine Leidenschaft, die von dem Wunsch angetrieben wurde, Kunstwerke in ihre rechtmäßigen Heime zurückzuführen.

Finn Hartmann bewegte sich mit einer Mischung aus Bewunderung und Neugier durch die prachtvoll beleuchtete Galerie. Umgeben von wertvollen Kunstwerken, die mehr kosteten als manches Einfamilienhaus, fühlte er sich in dieser Welt der High Society zwar als Außenseiter, aber dennoch fasziniert.

Seine Mutter, die sich alleine um ihn kümmerte, versuchte, ihm alles zu bieten. Auch wenn sie selbst nicht aus höheren Kreisen kam, schaffte sie es als Immobilienmaklerin schnell nach oben. Sie zeigte ihm, dass Fleiß und Arbeit lohnenswert waren. Es war eine schwere Zeit, als sie ihrer schweren Erkrankung erlag.

Damals war Finn noch bei der Polizei und verlor ein wenig den Boden unter den Füßen. Er war unachtsam bei einem Fall und dadurch entkam ein großer Gangsterboss.

Er beschloss, nicht mehr als Polizist zu arbeiten, und wurde Privatdetektiv.

Seine Mutter legte immer Wert darauf, dass er sich mit Freunden der Kunst umgab, war mit ihm oft in Museen und Ausstellungen. Dort lernte er auch Markus kennen, den Sohn eines guten Freundes seiner Mutter.

Markus' Vater war Archäologe und verstarb etwa zur selben Zeit wie Finns Mutter.

Nun hatte Markus, der inzwischen Galeriebesitzer war, ihn eingeladen, um die neueste Ausstellung zu bewundern, eine Sammlung moderner und alter Skulpturen und Gemälde.

Während er die Kunstwerke betrachtete, erinnerte er sich an Gespräche mit Markus über die Faszination und den Wert der Kunst.

«Kunst ist mehr als nur eine Investition, Finn», hatte Markus einmal gesagt. «Sie ist ein Fenster in die Seele des Künstlers und in die unserer Gesellschaft.»

Plötzlich verdunkelte sich der Raum.

Ein Raunen ging durch die Menge, als der Strom ausfiel und die Galerie in Dunkelheit hüllte. Finns Instinkte traten sofort in Aktion. Sein Herz schlug schneller, während er seine Umgebung ertastete.

Er hörte das Gemurmel der Gäste, das Knistern von Stoff, und irgendwo in der Ferne das leise Klicken, das ihm wie das Öffnen eines Schlosses vorkam.

Kaum hatte sich die Dunkelheit eingestellt, flackerten die Lichter wieder auf.

Die Gäste blinzelten, ihre Augen sich an das Licht gewöhnend, und ein Aufschrei durchbrach die Stille.

Eine der Skulpturen, ein altes Meisterwerk und das Herzstück der Ausstellung, war verschwunden.

Finns Blick schoss durch den Raum. Sein Verstand arbeitete fieberhaft, während er versuchte, die Puzzlestücke zusammenzusetzen. Irgendwo in diesem Raum befand sich der Dieb, vielleicht sogar direkt vor seinen Augen.

Er spürte einen Adrenalinschub; das Spiel hatte begonnen.

Inmitten des gesellschaftlichen Gewirrs, das nun von einer unterschwelligen Nervosität geprägt war, navigierte Finn geschickt durch die Menge. Er näherte sich einer kleinen Gruppe, bestehend aus einem älteren Ehepaar und einem jungen Mann, der aussah, als würde er lieber irgendwo anders sein.

«Entschuldigen Sie, ich bin Finnander Hartmann, ein Freund von Herrn Fischer, dem Galeriebesitzer,» begann

Finn, wobei er eine ruhige und höfliche Stimmlage wählte.

«Was für ein Abend, nicht wahr? Haben Sie etwas Ungewöhnliches bemerkt, bevor das Licht ausging?»

Das Ehepaar tauschte einen kurzen, unsicheren Blick. «Nun, es war alles sehr plötzlich,» antwortete der Mann, seine Stimme zitterte leicht. «Aber nichts Besonderes, nein.»

Die Frau nickte zustimmend, fügte jedoch hinzu: «Na ja, da war ein Mann, der mich ein wenig beunruhigt hat. Er stand die ganze Zeit allein in der Ecke und schien niemanden zu kennen.»

Finn spitzte die Ohren. «Können Sie ihn beschreiben?»

«Groß, schlank, dunkle Haare,» sagte sie nachdenklich. «Er trug eine Brille und schien sehr an der Skulptur interessiert zu sein.»

Während Finn ihre Beschreibung verarbeitete, wandte er sich dem jüngeren Mann zu.

«Und Sie? Haben Sie irgendetwas bemerkt?»

Der junge Mann schüttelte den Kopf, seine Augen huschten nervös hin und her.

«Ich… ich habe nichts gesehen. Ich war zu sehr mit meinem Telefon beschäftigt, tut mir leid.»

Finn nickte verständnisvoll. «Verstehe. In diesen Tagen kann Technologie wirklich fesselnd sein. Danke für Ihre Zeit.»

Enttäuscht, aber nicht entmutigt, setzte Finn seine Suche fort. Am Tatort, einem leeren Sockel, wo die Skulptur gestanden hatte, entdeckte er etwas Ungewöhnliches – eine kleine, exotisch wirkende Feder.

Sie schien fehl am Platz, fast wie ein absichtlich hinterlassener Hinweis. Finn steckte sie sorgfältig in eine Beweistüte.

Während er weiter durch die Galerie ging, sammelte er Informationen über die Gäste, ihre Verbindungen zur Kunstwelt, und suchte nach möglichen

Motiven. Seine Gedanken kreisten umher.

Wer könnte so dreist sein, ein solches Kunstwerk unter so vielen Augen zu stehlen? Und warum?

Finns Augen glitten über die Gästeliste, die er vom Empfangstresen der Galerie genommen hatte. Während er die Namen überflog, suchte er nach Verbindungen, die ihm bisher entgangen waren. Er war so vertieft in seine Gedanken, dass er fast mit jemandem zusammenstieß.

«Entschuldigung,» murmelte Finn, als er aufblickte. Vor ihm stand ein Mann mit einem selbstsicheren Lächeln, dessen Augen ein intelligentes Funkeln zeigten.

«Kein Problem,» antwortete der Fremde. «Es scheint, als hätte dieser Vorfall viele von uns aus dem Konzept gebracht.»

Finn nickte, seine Neugier geweckt.

«Finn Hartmann,» stellte er sich vor.

«Elias Vogel,» erwiderte der andere
und reichte ihm die Hand.

Sie sprachen über die gestohlene Skulptur, und Elias' Kommentare waren scharfsinnig, seine Einsichten tiefgründig.

«Die Dynamik dieser Skulptur war faszinierend,» begann Elias, während seine Augen lebhaft funkelten. «Eine Mischung aus Chaos und Ordnung, fast so, als ob der Künstler versuchte, das Unfassbare zu formen.»

Finn nickte, beeindruckt von Elias' Einsicht. «Ich frage mich, was der Dieb damit bezwecken wollte. Es ist nicht nur der materielle Wert, oder?»

Elias lächelte schief. «Manchmal ist Kunst mehr als nur ein Objekt. Sie ist eine Botschaft, ein Statement. Vielleicht wollte der Dieb genau das aussagen – dass wahre Kunst nicht eingesperrt werden kann.»

Diese Worte ließen Finn kurz innehalten.

«Das ist eine interessante Theorie,» erwiderte er, seine Stimme vorsichtig neutral, während er Elias' Gesichtsausdruck zu deuten versuchte. «Aber würden Sie nicht sagen, dass solch ein Akt mehr nimmt als gibt? Es entzieht der Welt etwas Schönes.»

Elias' Blick wurde nachdenklich.

«Vielleicht,» gab er zu, «aber manchmal muss man etwas nehmen, um die Welt zum Nachdenken zu bringen.»

In diesem Moment fühlte Finn sich von Elias' Charisma angezogen und gleichzeitig von Misstrauen geplagt.

War es möglich, dass dieser faszinierende Mann mehr über den Diebstahl wusste, als er zugab?

Nach dem Gespräch suchte Finn Markus Fischer auf, den Besitzer der Galerie und einen alten Freund. Er fand ihn gerade dabei, einige späte Gäste zu verabschieden.

«Was für eine Nacht.» Markus begrüßte ihn mit einer Mischung aus Erschöpfung und Sorge in seiner Stimme.

«Definitiv,» erwiderte Finn und senkte seine Stimme. «Ich habe ein paar Dinge beobachtet, die mir Sorgen machen. Die Polizei ist schon involviert, aber ich denke, ich könnte noch ein paar eigene Nachforschungen anstellen. Nur um sicherzugehen.»

Markus sah ihn ernst an.

«Ich wäre dir sehr dankbar, Finn. Diese Skulptur war nicht nur ein wertvolles Stück unserer Sammlung, sondern hatte auch eine persönliche Bedeutung für mich. Mein Vater hat sie damals in Ägypten bei seiner letzten Ausgrabung gefunden. Es ist ein wertvolles Erinnerungsstück. Ich vertraue darauf, dass du etwas herausfinden kannst, was der Polizei vielleicht entgeht.»

Finn nickte entschlossen.

«Ich bin dran, Markus. Ich werde mein Bestes geben, um herauszufinden, was hier wirklich gespielt wird.»

Nach einem kurzen, aber herzlichen Abschied verließ Finn die Galerie. Während er in die kühle Nacht hinausschritt, war sein Geist voller Fragen und Theorien.

Die Verbindung zwischen dem aktuellen Diebstahl und früheren Fällen, die unerwartete Begegnung mit Elias, die seltsame Feder – all das wies auf ein komplexes Rätsel hin, das es zu lösen galt.

Kapitel 2

Elias Vogel glitt unauffällig durch die sich langsam leerende Galerie, seine Gedanken wirbelten um die unerwartete Begegnung mit Finn Hartmann. Er konnte nicht leugnen, dass dieser Detektiv etwas in ihm ausgelöst hatte, ein Gefühl, das er nicht zuordnen konnte und das ihn zugleich irritierte und faszinierte.

Während er sich seinen Mantel überwarf, ließ Elias seinen Blick noch einmal durch den Raum schweifen. Die Kunstwerke an den Wänden erinnerten ihn an seine eigene, komplizierte Beziehung zur Kunst. Es hatte mit einer einfachen Liebe zu schönen Dingen begonnen, einer Bewunderung für das Talent und die Kreativität der Künstler. Doch irgendwo auf dem Weg hatte sich diese Leidenschaft in etwas Dunkleres verwandelt, in eine Obsession, die ihn

in die Welt des Kunstdiebstahls geführt
hatte.

Er dachte an seine erste «Akquisition»,
wie er es nannte. Es war ein Nervenkitzel gewesen, eine Herausforderung,
die er nicht widerstehen konnte. Doch
mit jedem weiteren Diebstahl war die
Sache komplizierter geworden. Es ging
nicht mehr nur um die Kunst oder den
Nervenkitzel; es ging um das Spiel, um
das ständige Tanzen am Rande des
Abgrunds.

So nah, dass er fast gefallen wäre. Und
andere in Gefahr gebracht hat.

Als Elias die Galerie verließ und in die
kühle Nachtluft trat, spürte er den Kon-
flikt in sich. Finn Hartmann repräsen-
tierte alles, was er zu vermeiden versucht hatte – Bindung, Gefahr der Ent-
deckung, eine Verbindung zur realen
Welt. Doch etwas an Finn zog ihn an,
ließ ihn seine eigenen Regeln in Frage
stellen.

Sollte er sich ihm anvertrauen? Wäre es vielleicht besser, sich Hilfe zu suchen? Doch was, wenn er sie damit nur in eine noch größere Gefahr bringen würde?

Er blickte auf die erleuchteten Straßen der Stadt, die sich vor ihm ausbreiteten. Jedes Licht, jeder Schatten schien ein Teil der Geschichte zu sein, die er mit jedem Diebstahl weiter schrieb. Doch jetzt, mit Finn in seinem Leben, schien diese Geschichte eine unerwartete Wendung zu nehmen.

Elias schüttelte den Kopf, als wollte er die verwirrenden Gedanken abschütteln. Er musste fokussiert bleiben, durfte sich nicht ablenken lassen. Doch tief in seinem Inneren wusste er, dass es bereits zu spät war. Finn Hartmann hatte bereits etwas in ihm ausgelöst, das nicht mehr so einfach zu ignorieren war.

Kapitel 3

In einem abgeschiedenen Café, das ihnen als unauffälliger Treffpunkt diente, saßen Finn und seine langjährige Partnerin in Sachen Ermittlungen, Lena Schwartz. Lena, eine unabhängige Informationsbrokerin mit Kontakten in zahlreichen Kreisen, war bekannt für ihre Fähigkeit, selbst die verborgensten Geheimnisse aufzudecken. Sie war auch eine der wenigen Personen, denen Finn voll und ganz vertraute.

«Ich konnte die Feder nicht behalten – sie ist jetzt bei der Polizei. Aber sieh dir das Foto an,» sagte Finn, während er Lena sein Smartphone reichte. Darauf war die Feder zu sehen, die er am Tatort gefunden hatte.

Lena studierte das Bild genau. «Das sieht aus wie die Feder eines Sperbers. Ein interessanter Hinweis. Glaubst du, das hat etwas zu bedeuten?»

«Ja,» antwortete Finn, «Ich denke, es könnte sich um den Sperber handeln, einen berüchtigten Kunstdieb. Bekannt für seine Vorliebe, kleine Hinweise zu hinterlassen. Er ist erst seit etwa zwei Jahren aktiv, aber alles, was er gestohlen hat, war von immensem Wert.»
Lena lehnte sich zurück, ihre Augen funkelten vor Interesse. «Der Sperber, hm? Ein Phantom in der Unterwelt. Aber wenn jemand ihn aufspüren kann, dann wir.»
Finn öffnete eine Datei auf seinem Smartphone und zeigte Lena eine Liste von Kunstwerken, die in der Vergangenheit gestohlen worden waren – alle potenziell die Arbeit des Sperbers. Sie diskutierten jedes Detail, suchten nach Mustern und Anhaltspunkten.
«Wir müssen unsere Antennen in der Kunstszene ausfahren,» schlug Finn vor. «Überwachung der nächsten großen Events und vielleicht ein paar

Gespräche mit Insidern könnten uns weiterbringen.»

«Einverstanden,» erwiderte Lena. «Ich werde meine Quellen anzapfen. Mal sehen, was an die Oberfläche kommt.»

Finn saß noch einen Moment nachdenklich im Café, während Lena ihre Notizen zusammenpackte. Sein Blick fiel auf die vorbeiziehenden Menschen hinter dem Fenster, doch seine Gedanken waren ganz woanders.

Die Möglichkeit, dass der Sperber hinter dem Diebstahl steckte, eröffnete eine neue Ebene der Komplexität in diesem Fall. Er wusste, dass er sich nicht nur auf seine Intuition, sondern auch auf harte Fakten und gründliche Ermittlungen verlassen musste.

«Die nächsten gesellschaftlichen Ereignisse werden Schlüsselmomente sein,» murmelte Finn mehr zu sich selbst als zu Lena. «Wenn der Sperber ein Muster hat, dann wird er sicherlich wieder zuschlagen. Und diesmal werde ich bereit sein.»

Lena nickte zustimmend.

«Ich halte die Augen und Ohren offen. Wenn es irgendwelche Bewegungen in der Szene gibt, wirst du der Erste sein, der es erfährt.»

Finn lächelte dankbar. Lena war mehr als nur eine Kollegin; sie war eine unverzichtbare Verbündete in einer Welt, die oft von Geheimnissen und Täuschungen durchdrungen war.

Als er das Café verließ, konnte Finn nicht umhin, an Elias zu denken. Der geheimnisvolle Fremde von der Galerie hatte etwas in ihm ausgelöst, das er nicht ganz einordnen konnte. War es nur die natürliche Neugier des Detektivs oder etwas Tieferes? Elias' Wissen über Kunst, seine charmante Art – all das fügte sich zu einem interessanten, aber rätselhaften Bild zusammen.

Mit jedem Schritt, den er durch die belebten Straßen machte, wuchs Finns

Entschlossenheit. Er würde den Sperber entlarven, davon war er überzeugt. Und vielleicht würde er dabei auch mehr über den mysteriösen Elias Vogel herausfinden. Fest entschlossen, die Wahrheit aufzudecken, machte er sich auf den Weg zu seinem nächsten Ziel, bereit, sich den Herausforderungen zu stellen, die vor ihm lagen.

Kapitel 4

In der Abgeschiedenheit seiner sorgfältig eingerichteten Wohnung stand Elias Vogel vor dem großen Fenster und blickte auf die lebendige Stadt hinunter. Die Lichter der Nacht glitzerten wie unzählige Sterne, ein ständiger Fluss von Leben und Geheimnissen.

In diesem Moment fühlte er sich jedoch von alldem abgeschnitten, isoliert in seiner eigenen Welt voller Rätsel und Doppeldeutigkeiten.

Sein Smartphone summte. Es war eine verschlüsselte Nachricht von seinem Auftraggeber, Herrn Bauer. Elias las die Zeilen, in denen stand, dass Herr Bauer sich für den letzten Auftrag bedankte und bald ein weiterer folgen würde.

Elias ließ sich auf das weiche Leder seines Sofas sinken und starrte auf das Display.

Die Nachrichten von Bauer waren immer knapp und präzise, ohne Raum für Fragen oder Zweifel. Es war ein Spiel mit hohen Einsätzen, und Elias wusste, dass ein falscher Schritt katastrophale Folgen haben könnte.

Seine Gedanken wanderten zurück zu Finn Hartmann, dem Detektiv, den er in der Galerie getroffen hatte. Es gab etwas an Finn – eine Mischung aus Intelligenz, Charme und einer Spur von Melancholie –, das Elias tief berührte.

Er hatte viele Menschen kennengelernt, doch niemand hatte ihn so schnell und so unerwartet fasziniert wie Finn.

Elias griff nach seinem Weinglas, das auf dem niedrigen Couchtisch stand, und nahm einen Schluck. Der edle Tropfen hinterließ eine warme Spur in seinem Hals, konnte aber die wachsende Unruhe in ihm nicht dämpfen.

Er dachte an die Möglichkeit, Finn wiederzusehen, ihn besser kennenzulernen. Doch mit jedem Gedanken an eine solche Begegnung wuchs auch das Bewusstsein der Gefahr.

Er stand auf und ging durch den Raum, seine Schritte leise auf dem dicken Teppich. Seine Wohnung war ein Refugium, gefüllt mit Kunst und Erinnerungen, aber in Momenten wie diesen fühlte sie sich eher wie ein goldener Käfig an. Elias hatte sich für ein Leben entschieden, das keinen Platz für echte Nähe ließ, für Beziehungen, die über das Geschäftliche hinausgingen. Doch nun, da er Finn begegnet war, kamen Zweifel auf.

Die Erinnerung an ihr Gespräch in der Galerie war lebhaft in seinem Kopf. Finns scharfer Verstand, seine Art, die Welt zu sehen, hatten Elias beeindruckt. Er konnte nicht leugnen, dass er mehr wissen wollte. Über Finn, über den Mann hinter dem Detektiv.

Aber Elias wusste auch, dass jede weitere Interaktion mit Finn ein Tanz auf dem Drahtseil wäre.

Er konnte es sich nicht leisten, abgelenkt zu werden, vor allem nicht jetzt, wo Bauer einen so kritischen Auftrag erteilt hatte. Und erwähnt hat, wie wichtig es für Mia sei, dass Elias alles zu seiner Zufriedenheit erledigte.
«Ach Mia», Finn seufzte.
Er ging zurück zum Fenster und schaute hinaus. Die Stadt schien ihm zuzuzwinkern, als wollte sie ihm sagen, dass alles möglich war, dass die Regeln dazu da waren, gebrochen zu werden. Aber Elias kannte auch den Preis, der für solche Regelbrüche gezahlt werden musste.
Mit einem tiefen Seufzer fasste er einen Entschluss. Er würde Finn wiedersehen. Nicht nur, um mehr über ihn zu erfahren, sondern auch, um seine eigenen Gefühle und Wünsche zu erkunden. Es war ein Risiko, sicherlich, aber Elias war es gewohnt, auf dem schmalen Grat zwischen Gefahr und Verlangen zu balancieren.

Er griff erneut nach seinem Smartphone und begann, Informationen über die nächsten gesellschaftlichen Ereignisse zu sammeln, bei denen er Finn möglicherweise über den Weg laufen könnte.

Kapitel 5

In der opulenten Empfangshalle des Palais Velden, einem historischen Herrenhaus, das für seine luxuriösen Veranstaltungen unter den Reichen und Einflussreichen der Stadt bekannt war, bewegte sich Finn Hartmann unter den Gästen.

Das Palais, mit seinen hohen Decken, prächtigen Kronleuchtern und kunstvollen Fresken, bot die perfekte Kulisse für die elitären Zusammenkünfte der High Society.

Finn schritt über den polierten Marmorboden, vorbei an kunstvoll geschnitzten Säulen und antiken Skulpturen, die stolz ihre stummen Geschichten von Reichtum und Macht erzählten.

Der Raum war durchzogen vom sanften Klang eines Streichquartetts und dem leisen Gemurmel wohlhabender

Gäste, die in elegante Abendgarderobe gehüllt waren.

Er war hier, um weitere Hinweise auf den Sperber zu sammeln, aber auch die Pracht und der Glanz des Palais Velden ließen ihn nicht unbeeindruckt. Finns Augen schweiften über die Menge, immer auf der Suche nach jenem Detail, das ihm weiterhelfen könnte, den Sperber und seine mysteriösen Aktivitäten zu entlarven.

Finn nutzte die Gelegenheit, um sich unter die Gäste zu mischen, die in ihren Gesprächen und Anekdoten schwelgten. Er war ein Meister darin, beiläufige Fragen zu stellen, die geschickt darauf abzielten, Informationen über die Kunstszene und mögliche Verbindungen zum Sperber zu erlangen. Sein Charme und sein analytischer Verstand halfen ihm, die glänzenden Fassaden der High Society zu durchdringen.

Als er sich durch die Menge bewegte, fiel sein Blick auf eine vertraute Gestalt – Elias Vogel.

Er stand in einer kleinen Gruppe, die sich lebhaft unterhielt, doch seine Augen leuchteten auf, als er Finn bemerkte.

«Herr Hartmann,» begrüßte Elias ihn mit einem warmen Lächeln, das in den prunkvollen Hallen des Palais Velden eine eigene Art von Glanz verbreitete.

«Was für ein Zufall, Sie hier zu sehen.»

«Tatsächlich,» erwiderte Finn, sein Lächeln vorsichtig. «Es scheint, als hätten wir ähnliche Interessen.»

Sie plauderten über die Kunstwerke, die auf der Veranstaltung präsentiert wurden. Elias' Kommentare waren scharfsinnig und zeugten von einem tiefen Verständnis für Kunst.

Finn spürte, wie die Anziehung zwischen ihnen wuchs, doch gleichzeitig konnte er den Verdacht nicht abschütteln, dass Elias vielleicht mehr über den Sperber wusste, als er zugab.

Inmitten ihres Gesprächs fiel Finns Blick auf einen kleinen, fast unauffälligen Gegenstand, der auf einem der Nebentische lag. Es war eine kunstvoll gestaltete Brosche in Form eines Sperbers – ein Detail, das zu zufällig erschien, um ignoriert zu werden.

Seine Gedanken rasten. War dies ein weiterer Hinweis? Und wenn ja, hatte Elias etwas damit zu tun?

Nachdem sie sich verabschiedet hatten, beschloss Finn, Elias diskret zu beobachten. Er musste herausfinden, ob Elias in irgendeiner Weise mit dem Sperber in Verbindung stand. Trotz der wachsenden Nähe zwischen ihnen musste Finn professionell bleiben und jeder Spur nachgehen.

Die Veranstaltung neigte sich dem Ende zu, und Finn verließ den Ort mit dem Kopf voller Fragen und einem Herzen voller ungewisser Gefühle.

Die Verbindung zu Elias war unbestreitbar, aber sie brachte auch ein Labyrinth an Komplikationen mit sich. Fest entschlossen, die Wahrheit zu enthüllen, machte er sich auf den Heimweg, wobei er jeden Schritt sorgfältig abwog.

Kapitel 6

Elias Vogel stand in seiner Wohnung und starrte auf das kleine, verschlüsselte Gerät, das ihm gerade eine Nachricht seines Auftraggebers übermittelt hatte.

Die Nachricht von Herrn Bauer war klar und unmissverständlich – ein neuer Auftrag, der riskanter war als alles, was Elias zuvor unternommen hatte. Doch es war nicht der Auftrag selbst, der Elias schlaflose Nächte bereitete; es war der Grund, warum er sich nicht dagegen wehren konnte.

Vor zwei Jahren hatte Elias versucht, sich aus dem Spiel zurückzuziehen. Er hatte genug Geld gesammelt, um ein neues Leben zu beginnen. Aber dann hatte Bauer seine Schwester Mia ins Spiel gebracht. Elias erinnerte sich an den kalten Morgen, als er erfahren hatte, dass Mia spurlos verschwunden war. Es war eine klare Botschaft gewesen: Elias konnte Bauer nicht entkommen, nicht ohne das Leben seiner Schwester zu riskieren.

Seitdem lebte Elias in ständiger Angst. Bauer hielt Mia an einem unbekannten Ort versteckt, ohne dass sie wusste, dass sie in Gefahr war. Bauer hatte alles geschickt eingefädelt.

Er nutzte die Trauer nach dem plötzlichen Tod ihrer Eltern, um sich in Mias Leben einzuschleichen. Mia hatte sich von Elias abgewendet wegen Bauer. Jetzt hatte dieser die Kontrolle.

Elias wusste, dass er keinen Ausweg hatte. Er musste tun, was Bauer verlangte, oder das Leben seiner einzigen verbliebenen Familienangehörigen riskieren.

Elias blickte in den Spiegel.

Er sah einen Mann, der gezwungen war, ein Doppelleben zu führen, einen Dieb, der gegen seinen Willen agierte.

Die Sorge um seine Schwester spiegelte sich in seinen Augen wider, ebenso wie die wachsende Verzweiflung über seine Situation.

Elias wusste, dass er Finn nicht in seine Welt hineinziehen durfte.

Die Begegnungen mit dem Detektiv hatten etwas in ihm geweckt, ein Verlangen nach etwas Echtem, nach einer Verbindung, die über die Lügen und Täuschungen hinausging, die sein Leben bestimmten. Er sehnte sich danach, sich fallen zu lassen. Endlich die Wahrheit zu sagen und wieder frei zu sein.

Doch er konnte es sich nicht leisten, schwach zu werden, nicht jetzt, wo so viel auf dem Spiel stand.

Mit einem schweren Seufzer schaltete er das Licht aus und legte sich ins Bett.

Die Gedanken an den bevorstehenden Coup und die Sorge um Mia ließen ihn nicht zur Ruhe kommen.

Elias wusste, dass die kommenden Tage entscheidend sein würden – für ihn, für Mia und für das, was von seinem Gewissen noch übrig war.

Kapitel 7

In einem kleinen, aber geschmackvoll eingerichteten Geschenkeladen, der für seine einzigartigen und kunstvollen Artikel bekannt war, stand Elias Vogel und betrachtete sorgfältig die Auswahl an Geschenken.

Er suchte etwas Besonderes für Mias Geburtstag, etwas, das die Erinnerung an die besseren Tage, die sie zusammen verbracht hatten, wachrufen würde. Auch wenn er es ihr nicht persönlich übergeben konnte, hatte er ihr jedes Jahr zu Weihnachten und zum Geburtstag Geschenke zukommen lassen.

Während er eine handgefertigte Spieluhr betrachtete, öffnete sich die Ladentür, und Finn Hartmann trat ein.

«Ich suche ein Geburtstagsgeschenk für die Tochter einer Freundin,» erklärte Finn, als Elias ihn fragte, was er hier mache. Er hielt eine kunstvoll gearbeitete Schmuckschatulle in der Hand, die er sorgfältig ausgewählt hatte.

«Ich benötige auch ein Geschenk, für meine Schwester,» erwiderte Elias und zeigte auf die Spieluhr, die er für Mia ausgesucht hatte. «Geburtstage sind immer eine schöne Gelegenheit, um Menschen zu zeigen, wie viel sie einem bedeuten.»

Nachdem sie ihre Einkäufe abgeschlossen hatten, schlug Elias vor, in der nahegelegenen Bar weiter zu plaudern.

In der entspannten Atmosphäre der Bar, umgeben von sanftem Licht und dem leisen Murmeln anderer Gäste, vertiefte sich das Gespräch zwischen Elias und Finn.

«Mia und ich, wir haben als Kinder immer diese Fantasiewelten erschaffen,» begann Elias, ein nostalgisches Lächeln umspielte seine Lippen. «Wir bauten Festungen aus Decken und Kissen im Wohnzimmer und stellten uns vor, wir wären in einem magischen Königreich.»

Finn, der an seinem Glas nippte, sah ihn interessiert an.

«Das klingt nach wunderbaren Erinnerungen. Hast du immer noch so eine enge Beziehung zu ihr?»

Elias zögerte einen Moment, dann nickte er.

«Ja, sie bedeutet mir sehr viel. Wir hatten immer ein besonderes Band. Sie studiert woanders, wir sehen uns nicht mehr so oft.» Er vermied es, auf Mias derzeitige Situation einzugehen, doch in seinen Augen lag ein Hauch von Melancholie.

Finn beobachtete ihn aufmerksam.

«Es ist schön, solche Verbindungen im Leben zu haben.» Er legte kurz seine Hand auf Elias', eine flüchtige, aber bedeutsame Berührung. «Es klingt, als wärst du ein großartiger Bruder.»

Elias sah auf ihre Hände und dann wieder auf.

«Ich versuche mein Bestes,» sagte er leise, seine Stimme von einer unausgesprochenen Schwere geprägt.

Die Unterhaltung bewegte sich weiter zu anderen Themen – ihre Lieblingskünstler, Reisen, die sie gemacht hatten, und kleine Alltagsgeschichten. Finn fand sich zunehmend fasziniert von Elias, von der Art, wie er sprach, wie er über Dinge nachdachte.

«Und du, Finn? Was treibt dich an? Abgesehen von deiner Arbeit, meine ich,» fragte Elias, während er einen Schluck von seinem Drink nahm.

Finn lächelte nachdenklich.

«Ich denke, es ist die Suche nach Wahrheit, das Lösen von Rätseln. Jeder Fall ist wie ein neues Puzzle, das es zu lösen gilt.» Er hielt inne und fügte dann hinzu: «Aber abseits davon finde ich Ruhe in der Musik, im Lesen… und in guten Gesprächen wie diesem.»

Elias' Blick verweilte einen Moment länger auf Finn, und es lag etwas

Unausgesprochenes in der Luft zwischen ihnen.

«Gute Gespräche,» wiederholte er, «sind in der Tat selten und wertvoll.»

Kapitel 8

Die Nacht war dunkel und still, als Elias Vogel sich auf den Weg zu einer Villa am Stadtrand machte. Er war vollständig in Schwarz gekleidet, seine Bewegungen waren geschmeidig und leise, fast wie ein Schatten, der sich durch die Dunkelheit bewegte. In seinem Inneren brodelte ein Wirbel aus Nervosität und Entschlossenheit.

Elias erreichte sein Ziel, eine prächtige Villa mit ausgeklügelten Sicherheitssystemen. Er zog eine Reihe von Werkzeugen aus seiner Tasche und machte sich an die Arbeit. Jedes Schloss, jeder Sensor war eine Herausforderung, aber Elias war ein Meister seines Fachs. Niemand würde bemerken, dass diese Türen geöffnet worden waren.

Er bewegte sich durch die Villa mit der Präzision und Sorgfalt eines Künstlers, der sein Meisterwerk erschafft.

Er wusste genau, wann die Wachleute an welcher Stelle patrouillierten und vertraute darauf, dass sie ihn nicht entdecken würden.

Als er das Kunstwerk erreichte, das Herr Bauer von ihm verlangt hatte, hielt er einen Moment inne. Es war ein atemberaubendes Gemälde, dessen Farben selbst im schwachen Licht der Taschenlampe lebendig wirkten. Elias spürte einen Stich des Bedauerns, als er es vorsichtig von der Wand nahm. Anstelle des Bildes befestigte er eine kleine Feder an dem Nagel, mit dem das Bild vorher befestigt war.

Doch dann geschah etwas Unerwartetes.

Ein leises Geräusch, fast wie ein Flüstern, ließ ihn innehalten. Elias lauschte, sein Herz schlug schneller.

War da jemand im Haus? Hatte er eine der Wachen übersehen?

Schnell verstaut er das Gemälde in einer speziell angefertigten Rolle und versteckte es in seinem Rucksack.

Mit erhöhter Vorsicht bewegte er sich zurück zum Ausgang. Jeder Schritt musste bedacht sein, jedes Geräusch vermieden werden. Es war ein Tanz am Rande des Abgrunds, bei dem der kleinste Fehler katastrophale Folgen haben konnte.

Schließlich erreichte er das Freie, das Gemälde sicher in seinem Besitz.

In der stillen Dunkelheit seiner Wohnung, mit dem gestohlenen Gemälde sicher verborgen, stand Elias Vogel in einem Meer aus widersprüchlichen Gefühlen.

Er war erleichtert, dass der Coup gelungen war, dass er es geschafft hatte, ohne Aufsehen zu erregen und ohne jemandem physischen Schaden zuzufügen. Diese Erleichterung war jedoch getrübt von der Schwere der Last, die er trug – einer Last, die weit über die physische Anstrengung des Diebstahls hinausging.

Mia, seine Schwester, wusste nichts von der wahren Natur der Situation, in der sie sich befand. Für sie war die Zeit ihrer Entführung ein Abenteuer, eine Rebellion gegen das Gewöhnliche. In ihren Augen war Herr Bauer nicht mehr als ein geheimnisvoller Gönner, der ihr die Chance bot, etwas Aufregendes und Verbotenes zu erleben.

Erst später hatte Elias erfahren, dass Mia ihre Situation nie so ernst und bedrohlich wahrgenommen hatte wie er.

Diese Erkenntnis war für Elias sowohl eine Erleichterung als auch eine Quelle tiefer Besorgnis. Er war froh, dass Mia nicht das volle Ausmaß ihrer Gefährdung kannte, doch gleichzeitig wusste er, dass ihre Unwissenheit sie umso verletzlicher machte.

Er musste weiterhin die Fassade aufrechterhalten, um sie zu schützen.

Während er in der Dunkelheit seines Zimmers stand, spürte Elias, wie die Erschöpfung über ihn hereinbrach. Die physische Anstrengung des Coups, die emotionale Belastung seiner Doppelleben und die ständige Sorge um Mia zehrten an ihm.

Er sehnte sich nach einem anderen Leben, einem Leben ohne Lügen und ständige Angst. Ein Leben, in dem vielleicht Platz für etwas Echtes war, etwas, das er in den Momenten mit Finn zu spüren begann.

Erschöpft ließ er sich auf das Bett fallen, sein Geist zu müde, um zu schlafen, zu rastlos, um zur Ruhe zu kommen. In dieser Nacht lag er wach, verloren in Gedanken über das, was er getan hatte, und das, was noch bevorstand.

Kapitel 9

Finn Hartmann fand sich in einem Zustand innerer Zerrissenheit wieder, als er durch die Straßen ging, Elias Vogel im Auge behaltend.

In der Nacht davor hatte er kaum geschlafen und wenn, dann hatte er wirre Träume. Er träumte von Elias. Jedoch nicht davon, wie er ihn als Dieb entlarvte, sondern von dem Moment, als sich ihre Hände berührten. Er erwachte und fragte sich, wie es wohl währe, wenn auch ihre Lippen einander näherkommen würden.

Seine professionelle Seite drängte ihn, Elias als potenziellen Verdächtigen im Fall des Sperbers zu betrachten, doch die persönlichen Gefühle, die er in ihrer letzten Begegnung gespürt hatte, verwirrten ihn.

Von einem unauffälligen Punkt aus beobachtete Finn Elias, wie er durch die

Stadt ging. Er sah, wie Elias an verschiedenen Orten anhielt, aber nichts deutete direkt auf eine Verbindung zum Sperber hin. Stattdessen sah Finn einen Mann, der nachdenklich und vielleicht sogar belastet wirkte.

Während er Elias beobachtete, bemerkte Finn etwas, das sein Bild von Elias zu verändern begann.

In einem Moment, als Elias dachte, niemand würde ihn sehen, hielt er inne und sah auf ein Foto in seiner Brieftasche. Selbst aus der Entfernung konnte Finn den Ausdruck tiefer Zuneigung und Sorge auf Elias' Gesicht erkennen.

Später am Tag traf sich Finn mit Lena.

«Ich weiß nicht mehr, was ich denken soll, Lena,» gestand er. «Je mehr ich Elias beobachte, desto weniger scheint er mir wie der Sperber zu sein. Er scheint… belastet, fast traurig.»

Lena hörte aufmerksam zu und antwortete dann: «Gefühle können die

Sicht trüben, Finn. Aber sie können auch zu tieferen Wahrheiten führen. Vielleicht ist es an der Zeit, dass du mit Elias sprichst, direkt und offen.»

Finn wusste, dass Lena Recht hatte. Er musste Klarheit gewinnen, und der einzige Weg dazu war, Elias direkt zu konfrontieren. Doch er konnte nicht leugnen, dass der Gedanke daran, Elias könnte unschuldig sein, ihm eine gewisse Erleichterung brachte.

Finn stand am Fenster seines Apartments und blickte nachdenklich auf die belebten Straßen hinunter. Sein Geist war erfüllt von den Bildern des Tages, von Elias' nachdenklichem Gesichtsausdruck, als er das Foto betrachtet hatte. Diese kleine, unbedachte Geste hatte etwas in Finn bewegt, etwas, das über seine beruflichen Pflichten hinausging.

Er dachte an Lenas Worte zurück. Sie hatte Recht. Er musste mit Elias sprechen, direkt und offen, um die Wahrheit herauszufinden. Die Unsicherheit, die ihn quälte, würde nur durch Klarheit gelöst werden können.

Finn fühlte sich von dieser Entscheidung getrieben, aber auch ein wenig beängstigt.

Was würde ein solches Gespräch enthüllen? War Elias wirklich in kriminelle Aktivitäten verwickelt, oder hatte Finns Instinkt ihn diesmal in die Irre geführt?

Trotz seiner Bedenken war da auch Hoffnung in Finns Herzen. Die Möglichkeit, dass Elias unschuldig sein könnte, dass seine Gefühle für ihn nicht auf einer Lüge basierten, gab ihm einen seltsamen Trost. Er wollte glauben, dass zwischen ihnen etwas Echtes entstehen könnte, etwas, das über den Rahmen seiner Ermittlungen hinausging.

Mit einem tiefen Atemzug fasste Finn einen Entschluss. Er würde Elias treffen, sich mit ihm auseinandersetzen und die Wahrheit suchen, egal wohin sie ihn führen würde. Er wusste, dass dies ein entscheidender Moment sein würde, nicht nur für den Fall, sondern auch für sein eigenes Herz.

Er griff nach seinem Mantel und verließ das Apartment, fest entschlossen, Antworten zu finden. In diesem Moment war ihm klar, dass, egal wie die Begegnung mit Elias enden würde, sie unweigerlich ihr beider Schicksale beeinflussen würde.

Das Café, in dem Finn und Elias sich trafen, war ein Ort der Ruhe und Intimität, weit entfernt von der Hektik der Stadt. Als Finn eintrat, fand er Elias bereits an einem abgelegenen Tisch sitzend, mit einem Ausdruck der Erwartung im Gesicht.

Nach einem kurzen, höflichen Austausch kam Finn direkt zum Punkt.

«Elias, ich muss dich etwas fragen,» begann er ernst. «Hast du irgendeine Verbindung zum Sperber?»

Elias blickte Finn mit einem Ausdruck ehrlicher Verwirrung an.

«Der Sperber? Wer ist das? Ist das nicht eine Vogelart? Ich verstehe nicht, warum du mich das fragst. Hat das was mit meinem Nachnamen zu tun?»

Finn beobachtete Elias genau, suchte in seinen Reaktionen nach Anzeichen einer Täuschung.

«Der Sperber ist ein berüchtigter Kunstdieb. Es gibt Hinweise, die auf eine mögliche Verbindung zwischen ihm und dir hindeuten könnten.»

Elias schüttelte erneut den Kopf, sein Gesichtsausdruck eine Mischung aus Überraschung und Besorgnis.

«Ich habe keine Ahnung, wovon du sprichst. Ich bin kein Dieb. Meine Welt ist die Kunst, ja, aber nicht ihre Entwendung.»

In Finn keimte ein Zweifel auf. Elias' Reaktionen wirkten authentisch, und je länger sie sprachen, desto mehr begann er zu glauben, dass Elias vielleicht tatsächlich unschuldig sein könnte. Ihre Unterhaltung nahm eine persönlichere Wendung, und Elias erzählte mehr über sich, ohne jedoch die Wahrheit über seine Schwester zu enthüllen.

Als Finn das Café verließ, war er verwirrter als je zuvor. Elias schien nicht der Sperber zu sein, zumindest nicht der kaltblütige Kriminelle, den er sich vorgestellt hatte.

Doch Finn spürte, dass Elias etwas verbarg, etwas Tiefes und Persönliches. Dieses Rätsel ließ ihn nicht los, ebenso wenig wie die wachsende Anziehung, die er zu Elias empfand.

Kapitel 10

In der Stille seiner Wohnung saß Elias, sein Blick verloren im fahlen Schein der Straßenlaternen, die durch das Fenster schimmerten. Das Treffen mit Finn hatte mehr in ihm ausgelöst, als er zu zeigen gewagt hatte.

Die Fragen, die Finn gestellt hatte, hallten noch immer in seinem Kopf wider. Er wünschte sich, er könnte offen mit Finn sprechen, ihm alles erzählen – über Mia, über die Zwänge, die sein Leben bestimmten. Schließlich hatte er die Sache mit der Feder genau deswegen begonnen. Damit ihm jemand helfen würde, ohne dass Bauer auf seinen Hilferuf aufmerksam würde.

Doch die Angst vor den Konsequenzen lähmte ihn.

Am nächsten Tag stand Elias vor der schweren Aufgabe, Mias Geburtstagsgeschenk einem Mittelsmann von

Herrn Bauer zu übergeben. Er hielt das sorgfältig verpackte Geschenk in den Händen, ein Symbol seiner Liebe und Sorge um seine Schwester. Es schmerzte ihn, nicht persönlich bei ihr sein zu können, sie nicht in die Arme schließen und ihr direkt gratulieren zu können.

Während er das Geschenk übergab, erinnerte er sich an die glücklichen Momente, die er und Mia miteinander geteilt hatten. Diese Erinnerungen waren ein bittersüßer Trost, eine Erinnerung an eine Zeit, die so unbeschwert und frei von den Schatten gewesen war, die nun sein Leben umhüllten.

Elias' Gedanken wanderten unweigerlich zu Finn zurück. Er fühlte sich von ihm angezogen, von seiner Integrität, seinem scharfen Verstand, seiner sanften Art.

Er könnte sich in seine Arme schmiegen, in Finns tiefblaue Augen blicken und darin versinken. Und einfach alles vergessen.

Doch Elias wusste, dass er Finn nicht in die Dunkelheit seines Lebens ziehen konnte. Die Gefahr, die ihn umgab, war zu groß, und er konnte es nicht riskieren, Finn damit zu konfrontieren.

Er ging noch ein Stück durch den Park, in dem er den Mittelsmann getroffen hatte, und setzte sich auf eine der Bänke.

Finn hatte Elias seit ihrem letzten Treffen im Auge behalten, getrieben von einer Mischung aus professioneller Neugier und persönlicher Sorge. Als er Elias beobachtete, wie er ein sorgfältig verpacktes Paket an einen unbekannten Mann übergab, spürte Finn, dass dieser Moment für Elias von großer Bedeutung war.

Kurz nach der Übergabe fand Finn Elias auf einer abgelegenen Parkbank, sein Gesicht in den Händen vergraben.

Elias' Schultern zuckten mit jedem unterdrückten Schluchzer, und Finns Herz zog sich zusammen bei diesem Anblick. Vorsichtig näherte er sich.

«Elias?», begann Finn sanft.

Elias blickte erschrocken auf, sein Gesicht von Tränen gezeichnet. «Finn? Was machst du hier?»

«Ich… Ich habe dich beobachtet,» gab Finn zu, unsicher, wie Elias darauf reagieren würde.

Elias' Augen füllten sich erneut mit Tränen. «Ich kann nicht mehr, Finn. Es ist alles zu viel.»

Finn fühlte, wie seine professionelle Fassade bröckelte. «Lass mich dir helfen,» bot er an und setzte sich neben Elias.

Dieser atmete tief durch und nickte. «Komm mit.»

Sie sprachen kaum auf dem Weg zu Elias' Wohnung. Dort angekommen, brach Elias' Fassade vollends zusammen.

«Ich… ich bin das, was du denkst. Von Anfang an», sagte Elias traurig. «Ich bin der Sperber. Doch meine Motive sind … andere.»

Finns Atem stockte. Elias war der Sperber! Doch was meinte er wegen seiner Motive? Er nickte Elias auffordernd zu, beschloss ihm die Chance zu geben, sich zu erklären.

«Meine Schwester, Mia, sie… ist in Gefahr. Als ich vor zwei Jahren aufhören wollte, hat ein ehemaliger Auftraggeber von mir sie weggebracht. Ich weiß nicht, wo sie ist.» Er schluchzte.

«Ich muss seine Aufträge ausführen und weiter für ihn stehlen, damit sie in Sicherheit ist. Bauer, so heißt der Typ, hat mir gesagt, dass sie denkt, sie wäre weggelaufen und hätte von sich aus den Kontakt zu mir abgebrochen. Sie versteht nicht einmal, was für einen Einfluss er auf sie hatte. Und ich… tue alles, damit ihr nichts passiert.»

Finn hörte zu, tief bewegt von Elias' Geständnis.

Er fühlte eine tiefe Empathie für Elias, die über sein professionelles Interesse hinausging. All seine früheren Annahmen über Elias schienen plötzlich in einem anderen Licht.

Er nahm Elias kurz in den Arm, spendete Trost und wusste nicht genau, was er sagen sollte.

So saßen sie schweigend nebeneinander. Die Offenbarung von Elias' Geheimnissen hatte eine neue Verbindung zwischen ihnen geschaffen, eine Verbindung, die von Verständnis und Mitgefühl geprägt war. Finn erkannte, dass seine Gefühle für Elias weit über einfache Anziehung hinausgingen.

In der Stille von Elias' Wohnung, umgeben von den sanften Schatten der Nacht, saßen Finn und Elias nebeneinander, ihre Herzen schwer von den geteilten Geständnissen und Enthüllungen.

In dieser intimen Atmosphäre fanden sie einen unerwarteten Trost in der Gegenwart des anderen.

Allmählich verringerte sich die Distanz zwischen ihnen. Ihre Knie berührten sich fast zufällig, ein kleiner, aber bedeutungsvoller Kontakt. Finn sah Elias an, dessen Augen noch immer Spuren von Tränen zeigten, und spürte einen Impuls, den er nicht unterdrücken konnte. Vorsichtig hob er seine Hand und legte sie sanft auf Elias' Wange, wischte eine verirrte Träne weg.

Elias schloss die Augen und lehnte sich in die Berührung, ein leises Seufzen entwich seinen Lippen. Als er seine Augen wieder öffnete, trafen sich ihre Blicke, und in diesem Moment schien die Zeit stillzustehen. Finn beugte sich vor, zögerte einen Moment, und dann trafen sich ihre Lippen in einem zarten, zögerlichen Kuss.

Der Kuss vertiefte sich langsam, geführt von einer Mischung aus Mitgefühl, Verlangen und dem Bedürfnis, einander Trost zu spenden. Sie fanden Halt in dieser Umarmung, eine Zuflucht vor den Stürmen ihrer Leben. Die Küsse waren sanft, tröstend, eine stille Bestätigung ihrer wachsenden Gefühle füreinander.

Als sie sich schließlich voneinander lösten, lag eine neue Vertrautheit in der Luft. Kein Wort musste gesprochen werden; ihre Blicke sagten alles. Elias führte Finn zu seinem Bett, wo sie nebeneinanderlagen, eng umschlungen, eine stille Quelle der Stärke füreinander.

In dieser Nacht fanden sie in der Gegenwart des anderen einen Frieden, der ihnen beiden so lange gefehlt hatte.

Es war eine Nacht der Sanftheit, der Verbundenheit, in der jeder dem anderen den dringend benötigten Trost und Halt gab.

Sie schliefen schließlich ein, umschlungen in einer Umarmung, die mehr als nur körperliche Nähe bedeutete – es war ein Versprechen der Unterstützung und des tiefen Verständnisses.

Kapitel 11

Als die ersten Sonnenstrahlen durch die Vorhänge fielen, erwachten Finn und Elias nebeneinander, ihre Gedanken noch immer erfüllt von der Intimität und Offenheit der vergangenen Nacht. Doch mit dem neuen Tag kam auch die Realität ihrer Situation zurück, und sie wussten, dass sie handeln mussten.

Sie saßen zusammen am Küchentisch, eine Tasse Kaffee dampfend vor sich, und begannen, ihren Plan zu schmieden. Elias teilte Finn alles mit, was er über Herrn Bauers kriminelle Aktivitäten wusste, von den erzwungenen Kunstdiebstählen bis hin zur Entführung von Mia.

Finn hörte aufmerksam zu, sein detektivischer Verstand arbeitete auf Hochtouren.

«Wir müssen Beweise sammeln, die stark genug sind, um Bauer hinter

Gitter zu bringen,» sagte er entschlossen. «Und wir müssen es so anstellen, dass weder du noch Mia in Gefahr geraten.»

Sie diskutierten verschiedene Möglichkeiten, wie sie Bauers Aktivitäten aufzeichnen und seine Verbindung zu den Diebstählen und Mias Entführung beweisen könnten. Finn schlug vor, einige seiner vertrauenswürdigen Kontakte bei der Polizei einzubeziehen, um sicherzustellen, dass sie bei der Konfrontation mit Bauer Unterstützung hätten.

Finn blickte auf und sah Elias direkt an. «Wir müssen vorsichtig sein, Elias. Jede unserer Bewegungen könnte entscheidend sein. Was kannst du mir über Bauer sagen? Wie verhält er sich normalerweise?»

Elias dachte einen Moment nach, bevor er antwortete.

«Bauer ist verschlagen, er verlässt sich nicht einfach auf andere. Er plant seine

Schritte sorgfältig und hinterlässt selten Spuren.»

«Das macht es komplizierter, aber nicht unmöglich,» erwiderte Finn, während er weiter auf seinem Notizblock kritzelte. «Wir müssen ihn aus der Reserve locken, ihn dazu bringen, einen Fehler zu machen.»

Die Diskussion vertiefte sich, als sie verschiedene Strategien durchgingen. Elias teilte sein Wissen über Bauers Routinen und Schwachstellen, während Finn seine Erfahrungen als Detektiv einbrachte, um einen effektiven Plan zu entwerfen.

«Danke, dass du mir vertraust, Elias,» sagte Finn, während sie eine Pause machten. «Wir haben eine echte Chance, Mia zu helfen und Bauer zur Strecke zu bringen.»

Elias nickte und ein dankbares Lächeln umspielte seine Lippen. «Ich hätte mir keinen besseren Partner für diese Sache wünschen können, Finn.»

Sie saßen noch eine Weile zusammen und planten, wie sie Mias Sicherheit gewährleisten sollten.

«Lena ist die Beste für diesen Job,» sagte Finn entschlossen. «Sie kann Mia aufspüren und vorsichtig aufklären, ohne Verdacht zu erregen.»

Nach intensiven Recherchen fanden Finn und Lena heraus, wo Mia sich aufhielt. Es war eine kleine Stadt, weit entfernt von der Unruhe der Metropole, ein Ort, an dem Mia sich sicher fühlte und unbehelligt lebte.

Sie entschied sich für einen unaufdringlichen Ansatz und fand heraus, dass Mia regelmäßig ein lokales Café besuchte.

Am nächsten Morgen betrat Lena das Café und setzte sich zufällig in Mias Nähe. Sie bestellte einen Kaffee und schlug ein Buch auf, während sie gelegentlich einen Blick zu Mia warf.

Nach einigen Minuten wandte Lena sich an Mia und lächelte freundlich.

«Entschuldigung, wissen Sie, ob das WLAN hier umsonst ist?», fragte sie.

Mia, überrascht, aber freundlich, antwortete: «Ja, es ist kostenlos. Das Passwort steht auf der Rückseite der Speisekarte.»

«Danke,» sagte Lena und lächelte. «Ich bin übrigens Lena. Ich bin neu in der Stadt.»

«Ich bin Mia,» erwiderte Mia und erwiderte das Lächeln. «Bist du hierhergezogen oder nur zu Besuch?»

«Ein bisschen von beidem,» antwortete Lena geschickt. «Ich arbeite momentan an einem Projekt, das mich hierhergeführt hat.»

Sie plauderten eine Weile, sprachen über die Stadt, das Café und alltägliche Dinge. Lena achtete darauf, nichts zu überstürzen, und gab Mia Raum, sich zu öffnen.

In den folgenden Tagen trafen sie sich regelmäßig im Café. Lena teilte Geschichten aus ihrem Leben, hörte

Mia zu und baute langsam eine Bindung zu ihr auf. Mia schien Lenas Gesellschaft zu genießen und sprach immer mehr über sich selbst.

Während ihrer regelmäßigen Treffen im Café entwickelte sich zwischen Lena und Mia eine Vertrautheit, die es Mia ermöglichte, sich mehr zu öffnen. Bei einem ihrer Gespräche kam das Thema auf Familien und Mia begann, von ihrem Bruder zu erzählen.

«Ich hatte einen Bruder,» sagte Mia leise, während sie aus dem Fenster schaute. «Aber wir haben schon seit längerer Zeit keinen Kontakt mehr.» Ihre Stimme klang wehmütig.

Lena, die behutsam vorging, fragte sanft: «Warum habt ihr den Kontakt verloren?»

Mia seufzte.

«Ein Freund von mir, Johannes Bauer, zeigte mir Beweise dafür, dass mein Bruder in kriminelle Aktivitäten verstrickt war. Fotos und andere Dinge.

Ich konnte es kaum glauben, aber die Beweise waren eindeutig.»

Lena hörte aufmerksam zu und verstand, wie Bauer Mia manipuliert hatte.

«Das klingt nach einer schweren Zeit für dich. Und dieser Johannes Bauer, er hat dir dann geholfen?»

«Ja, er war mein Retter in dieser schwierigen Zeit. Er half mir, hierher zu kommen, um ein neues Leben anzufangen. Aber manchmal…» Mia brach ab, ihr Blick wurde nachdenklich. «Manchmal frage ich mich, ob ich die ganze Geschichte kenne.»

Lena spürte, dass es an der Zeit war, vorsichtig weiterzugehen. «Manchmal ist die Wahrheit komplexer, als sie zunächst scheint,» sagte sie behutsam. «Es könnte sein, dass es Dinge über deinen Bruder und Johannes gibt, die du nicht weißt.»

Mia sah Lena an, eine Spur von Verwirrung in ihren Augen.

«Was meinst du?»

Lena atmete tief durch, bereit, Mia die Wahrheit zu erzählen und den Weg für ihre Wiedervereinigung mit Elias zu ebnen.

«Hör mir gut zu, Mia. Lauf nicht weg und höre mich bis zum Ende an.»

Mias Augen wurden groß und sie nickte.

«Ich kenne Elias. Ja, er ist ein Dieb. Doch er tat nie etwas in böser Absicht. Vor zwei Jahren wollte er aufhören. Er hat ein ausreichendes Vermögen aufgebaut und er hatte ein schlechtes Gewissen.

Ja, er hat erzählt, dass es auch der Nervenkitzel war und er nur Leute bestohlen hat, die den Verlust teilweise nicht einmal bemerkten, weil sie einfach alles im Überfluss besaßen. Trotzdem war es genug.

Er wollte ehrlich werden, auch deshalb, weil eure Eltern gestorben waren und er dir ein gutes Vorbild sein wollte und eine Unterstützung für dich.

Doch dann kam Johannes Bauer ins Spiel. Er brachte dich weg und setzte Elias unter Druck. Für ihn musste er immer teurere und wertvollere Stücke stehlen. Auch aus Ausstellungen von Museen oder Stücke, die einen dermaßen hohen Wert haben, dass er nie auf die Idee gekommen wäre, das Risiko einzugehen.

Doch er tut das alles jetzt, um dich zu schützen.»

Mia starrte in die Ferne, ihre Gedanken wirbelten.

«Ich kann nicht glauben, dass Johannes so etwas tun würde… dass ich all die Zeit nichts davon geahnt habe.»

Lena legte beruhigend ihre Hand auf Mias.

«Es ist nicht deine Schuld, Mia. Bauer ist sehr manipulativ. Jetzt ist es wichtig, dass wir vorsichtig sind und ihn nicht wissen lassen, dass du die Wahrheit kennst.»

«Was sollen wir tun?», fragte Mia.

«Fürs Erste,» erklärte Lena, «müssen
wir so tun, als würdest du weiterhin
dein normales Leben führen. Ich werde
an deiner Stelle hierbleiben, den Brief-
kasten leeren und Telefongespräche
annehmen und sowas. Es sind gerade
Semesterferien, also wird niemand Verdacht schöpfen, wenn du eine Weile
nicht mit ihm persönlich redest.»
Mia nickte langsam.
«Lena, du musst auf dich aufpassen!
Jetzt, wo ich die Wahrheit weiß, möchte
ich keine Sekunde länger als nötig in
Bauers Nähe sein.»

Kapitel 12

Als Mia Elias sah, stürmte sie auf ihn zu und umarmte ihn fest. Tränen der Erleichterung und Freude mischten sich bei ihrer Wiedervereinigung.

«Elias, ich habe dich so vermisst,» flüsterte sie.

Elias hielt seine Schwester fest, sichtlich bewegt. «Ich bin so froh, dass du jetzt in Sicherheit bist, Mia.»

Finn beobachtete die Szene mit einem warmen Lächeln und trat dann näher.

«Mia, es ist gut, dich endlich persönlich zu treffen. Ich habe viel über dich gehört.»

Nachdem sich die ersten Emotionen gelegt hatten, setzten sich die drei zusammen, um ihren Plan gegen Bauer zu besprechen. Mia war entschlossen, ihren Teil beizutragen.

«Was immer ich tun kann, um diesen Mann zu stoppen,» sagte sie fest.

Sie entwickelten einen detaillierten Plan, um Bauers kriminelle Aktivitäten aufzudecken. Der Plan beinhaltete das Sammeln von Beweisen, das Einbeziehen der Polizei und das Vorbereiten einer Falle, um Bauer endgültig zu überführen.

Währenddessen hielt Lena in der Stadt die Stellung, übernahm Mias Routinen und täuschte Normalität vor, um Bauers Misstrauen zu vermeiden. Sie schickte regelmäßige Updates und stand in ständigem Kontakt mit der Gruppe.

Finn hat unterdessen Kontakt zu einem befreundeten Hauptkommissar, David Müller aufgenommen, der nicht nur Unterstützung zusagte, sondern auch die Leitung der Operation übernahm. In einem weiteren Treffen zwischen Finn, Elias, Mia und Müller wurden die Feinheiten des Plans diskutiert.

«David, es ist entscheidend, dass Elias für seine früheren Taten nicht belangt wird,» sagte Finn ernst. «Er hat unter Zwang gehandelt, und seine Kooperation ist unerlässlich, um Bauer zu überführen.»

Müller nickte verstehend. «Ich werde dafür sorgen, dass Elias' Rolle als Informant und sein Zwang berücksichtigt werden. Er wird unter meinem persönlichen Schutz stehen.»

Elias atmete erleichtert auf.

«Danke, Hauptkommissar. Ich bin bereit, alles zu tun, was nötig ist, um Bauer zu stoppen.»

Müller breitete eine Karte der Stadt aus und begann, den Ablauf der Operation zu skizzieren. «Wir werden Bauer zu einem Treffen locken, bei dem er glaubt, ein weiteres gestohlenes Kunstwerk zu erhalten. Elias, du wirst der Köder sein. Meine Leute und ich werden in der Nähe sein, um ihn festzunehmen, sobald er auftaucht.»

«Was ist mit Mia?», fragte Elias besorgt.

«Mia wird während der Operation an einem sicheren Ort bleiben,» antwortete Müller. «Es ist zu riskant, sie in die Nähe von Bauer zu bringen.»
Mia nickte zustimmend.
«Ich vertraue euch. Tut, was nötig ist.»
Das Team verbrachte den Rest des Tages damit, jeden Schritt des Plans detailliert durchzugehen und sicherzustellen, dass alle Eventualitäten abgedeckt waren. Mit Hauptkommissar Müller an der Spitze fühlten sie sich sicherer und besser vorbereitet.
Die Atmosphäre war angespannt, als Finn, Elias und Mia zusammen mit Hauptkommissar Müller die letzten Vorbereitungen trafen. Jeder überprüfte seine Ausrüstung und die Details des Plans.
«Alles muss heute Abend perfekt laufen,» sagte Müller bestimmt. «Elias, du weißt, was zu tun ist?»
Elias nickte.

«Ich treffe Bauer und übergebe ihm das Kunstwerk. Dann locke ich ihn in die Falle. Ich bin froh, dass wir es geschafft haben, den Mittelsmann aufzuspüren. Ich hoffe, dass Bauer wirklich persönlich auftaucht.»

Finn gab Elias noch einen letzten Kuss.

«Pass auf dich auf», sagte er mit zitternder Stimme.

Müller gab seinen Beamten verdeckt das Signal, sich in der Nähe des Treffpunkts zu positionieren.

«Wir sind bereit, sobald Bauer auftaucht.»

Als die Dunkelheit hereinbrach, begab sich Elias zum vereinbarten Ort. Er spürte die Anspannung in jeder Faser seines Körpers, während er auf Bauers Ankunft wartete.

Schließlich tauchte Bauer auf. Er ging auf Elias zu, ein selbstgefälliges Lächeln auf den Lippen.

«Hast du das Bild dabei?», fragte er gierig.

Elias nickte und zeigte auf eine Tasche. «Alles wie vereinbart, Bauer.»

In diesem Moment gab Müller das Signal. Die verdeckten Beamten traten in Aktion, umzingelten Bauer und nahmen ihn fest. Bauer war sichtlich überrascht und versuchte, zu fliehen, wurde jedoch schnell von den Beamten überwältigt.

«Das Spiel ist aus», sagte Müller, während er auf ihn zuging.

In der sicheren Wohnung atmete Mia erleichtert auf, als sie die Nachricht von Bauers Festnahme erhielt.

«Es ist vorbei,» flüsterte sie.

Elias, Finn und die anderen trafen sich nach der erfolgreichen Operation. Es gab Umarmungen und Tränen der Erleichterung.

Elias trat auf Finn zu, seine Augen leuchteten vor Dankbarkeit und Erleichterung.

«Wir haben es wirklich geschafft,» sagte er, seine Stimme zitterte vor Emotionen.

Finn sah Elias an und konnte nicht anders, als zu lächeln. Er legte seine Hände auf Elias' Schultern und zog ihn näher.

«Ja, wir haben es geschafft,» erwiderte er und spürte, wie sich all die Anspannung und Sorge in diesem Moment auflöste.

Ohne ein weiteres Wort zu sagen, fanden ihre Lippen zueinander in einem Kuss, der ihre Erleichterung, ihre Freude und die tiefe Verbindung, die zwischen ihnen gewachsen war, ausdrückte.

Es war ein Kuss, der mehr sagte als tausend Worte – ein Kuss der Siegesfreude, der Hoffnung und der beginnenden Liebe.

Mia beobachtete die beiden mit einem glücklichen Lächeln. Sie war von tiefem Dank erfüllt, dass ihr Bruder und Finn es geschafft hatten, sie aus Bauers Fängen zu befreien.

Hauptkommissar Müller räusperte sich leicht und lächelte.

«Nun, ich denke, das verdient eine Feier,» sagte er und brach die emotionale Szene auf. «Ihr habt hervorragende Arbeit geleistet. Bauer wird für eine lange Zeit hinter Gittern sein.»

Kapitel 13

In der ruhigen Atmosphäre eines kleinen Cafés, das für die Gruppe mittlerweile zu einem Symbol für Sicherheit und Vertrautheit geworden war, trafen sich Mia, Elias, Finn und Lena, um über ihre Zukunft nachzudenken.

Mia, die nun ein neues Kapitel in ihrem Leben aufschlug, teilte ihre Pläne mit.

«Ich möchte wieder studieren, aber diesmal in einem Bereich, der mir wirklich am Herzen liegt. Ich will die Vergangenheit hinter mir lassen und neu anfangen,» sagte sie mit einem Lächeln.

Elias hörte ihr zu und nickte zustimmend.

«Ich habe beschlossen, einen Großteil meines Vermögens für wohltätige Zwecke zu spenden. Es ist Zeit, etwas zurückzugeben und ein neues Leben zu beginnen, eines, in dem ich ein posi-

tives Vorbild für dich, Mia, und andere
sein kann.»

Finn, der Elias' Hand hielt, sah ihn
liebevoll an.

«Ich bin so stolz auf dich, Elias. Und ich
freue mich darauf, zu sehen, wohin
unser gemeinsamer Weg uns führt.»

Sie sprachen über ihre gemeinsamen
Träume und Pläne, über die Heraus-
forderungen und die schönen
Momente, die vor ihnen lagen. Ihre
Beziehung hatte sich in der Krise gefes-
tigt und war nun bereit, in ruhigeren
Zeiten zu wachsen.

Später trafen sie sich mit Hauptkommissar Müller, um ihm für seine ent-
scheidende Rolle in der Operation zu
danken.

«Ohne Sie hätten wir das nicht
geschafft,» sagte Finn.

Müller lächelte. «Es war mir eine Ehre,
mit euch allen zusammenzuarbeiten.
Ihr habt Großes geleistet.»

Unter den vielen wertvollen Stücken, die Bauer nicht veräußert hatte, war auch die Skulptur, die Elias bei Fischers Ausstellung gestohlen hatte. Als dieser seine Skulptur zurückbekam und von Elias Geschichte erfuhr, verzichtete er auf eine Anzeige.

Es kam heraus, dass Bauer nicht nur Elias zu Diebstählen gezwungen hatte, sondern noch weitere Leute böse manipulierte. Er hatte in seinem Haus sogar den Vater eines anderen festgehalten. Bauer kam für eine lange Zeit ins Gefängnis und sollte keine Bedrohung mehr darstellen.

Epilog

In dem gemütlichen Café, wo sich die Wege von Mia, Elias, Finn und Lena häufig kreuzten, saßen Elias und Finn nebeneinander, ihre Hände ineinander verschlungen.

Sie blickten auf die letzten Monate zurück, eine Zeit, die sie nicht nur näher zusammengebracht, sondern auch ihre Liebe zueinander vertieft hatte.

Elias und Finn waren zusammengezogen und Elias half Finn und Lena in deren Detektivbüro aus. Er machte gerade ebenfalls die Lizenz zum Privatdetektiv. Mit seinem Wissen konnten sie einige große Diebe zur Strecke bringen.

Mia, die ihnen gegenübersaß, beobachtete sie lächelnd.

«Ihr beiden seht so glücklich aus zusammen,» sagte sie, ihre Augen glänzend vor Freude. «Es ist schön, euch so zu sehen.»

Mia studierte inzwischen vor Ort Sozialpädagogik. Sie wollte anderen helfen und fand, das wäre ein guter Weg dafür.

Elias, der einen Teil seines Vermögens für einen guten Zweck gespendet hat, arbeitete ehrenamtlich mit Jugendlichen, die ähnliche Herausforderungen wie er erlebt hatten.

Elias sah Finn an, in seinen Augen ein Funkeln der Zuneigung.

«Finn hat mir durch die dunkelsten Zeiten geholfen. Ich weiß nicht, wo ich ohne ihn wäre.» Er drückte Finns Hand fester, ein stilles Zeichen seiner tiefen Dankbarkeit und Liebe.

Finn erwiderte den Blick mit einer Wärme, die von seiner tiefen Verbundenheit zu Elias sprach.

«Ich habe in Elias nicht nur einen Partner gefunden, sondern auch eine Inspiration. Unsere Beziehung hat mir gezeigt, wie stark Liebe sein kann, selbst in den schwierigsten Zeiten.»

Lena, die die Szene beobachtete, fügte hinzu: «Ihr habt beide so viel durchgemacht und seid stärker daraus hervorgegangen. Eure Liebe ist ein Beweis dafür, dass gute Dinge selbst aus schwierigen Situationen entstehen können.»